Nelson Mandela

Freiheit ist ein Ideal

EUROPA VERLAG

Aus dem Englischen
von Hans Link

Nelson Mandela

Freiheit ist ein Ideal

Herausgegeben von
Jennifer Crwys-Williams

Europa Verlag
Hamburg · Wien

Originalausgabe:
»In the Words of Nelson Mandela«

Deutsche Erstausgabe

Umschlaggestaltung: Kathrin Steigerwald, Hamburg
Foto: Rex Features
Innengestaltung: Matrix Typographie & Gestaltung,
Christina Modi / Maren Orlowski, Hamburg
Zeichnungen: Heidrun Bonnet, Hamburg
Druck und Bindung: Freiburger Graphische Betriebe
ISBN 3-203-76024-X

Die Deutsche Bibliothek verzeichnet diese Publikation
in der Deutschen Nationalbibliografie (http://dnb.ddb.de).

Informationen über unser Programm erhalten Sie
beim Europa Verlag, Neuer Wall 10, 20354 Hamburg
oder unter www.europaverlag.de

Dieses Buch ist den Kindern Südafrikas gewidmet – in der Hoffnung, dass die Gedanken Nelson Rolihlahla Mandelas ihnen, wenn sie älter werden, eine Quelle der Inspiration sein mögen. Und dass sie und die anderen Kinder der Welt, wie Mandela es bei der Entgegennahme des Friedensnobelpreises ausdrückte, »auf freiem veld spielen mögen, nicht länger von Hunger gequält, von Krankheiten gepeinigt oder von der Geißel der Unwissenheit, von Nachstellung und Missbrauch bedroht ... Die Kinder sind unser kostbarster Schatz.«

Ganz besonders aber möchte ich dieses Buch meinen eigenen Kindern widmen, die in der Alten und in der Neuen Welt leben: Amber, Cassandra, Sebastian und Phoebe.

Danksagung

Ohne die überragende Hilfe von Susan Segar, politischer Korrespondentin der *Natal Witness*, wäre dieses Buch niemals entstanden. Selten steht einem bei seinen Recherchen jemanden zur Seite, der so vollständig begreift, worauf es ankommt, und praktisch alles, was man braucht, auch tatsächlich liefert.

Vielen Dank an Solly Masolo, die mir ebenfalls bei meinen Nachforschungen half. Mein Dank gilt außerdem Jill van Zyl und den »Boffins«, die mich darin unterstützt haben, die Homepage des ANC (http://www.anc.org.za) zu gestalten und zu betreiben. Wie immer übertraf Nancy Ncubes Großzügigkeit jedes normale freundschaftliche Maß.

Meine Agentin, Carol Blake von Blake Friedmann Ltd., und ihre Mitarbeiter haben mich mit ihrer Begeisterung ermutigt. Rowland White vom Michael Joseph Verlag war mir als einfühlsamer Lektor (mit Nerven wie Drahtseilen) eine große Hilfe.

Besonders danke ich allen Journalisten, die im Laufe der Jahrzehnte Nelson Mandela mit Anteilnahme interviewt und mir so einen Großteil des Materials geliefert haben, das für dieses Buch verwendet wurde. Insbesondere möchte ich mich bei den vielen Auslandskorrespondenten bedanken, die überaus hilfsbereit waren.

Einführung

Nur sehr wenigen Menschen ist es bestimmt, die Grenzen ihrer nationalen Zugehörigkeit zu überschreiten und der ganzen Welt zu gehören. Während sich unser turbulentes Jahrhundert und mit ihm das Jahrtausend seinem Ende zuneigt, hat sich der Schatten der schmalen Gestalt Mahatma Gandhis über alle Länder der Erde gelegt, genau wie der Martin Luther Kings jr. Beide haben für die Freiheit ihres eigenen unterdrückten Volkes gekämpft und damit auch gleichzeitig für die Freiheit und Würde anderer Völker in weit entfernten Ländern. Denn Freiheit, Würde und Hunger kennen keine nationalen Grenzen. Und auf die gleiche Weise hat auch Nelson Rolihlahla Mandela Herz und Fantasie vieler Völker der Erde bewegt.

Zwei dieser drei Männer – der Mahatma und Mandela – waren mit Südafrika aufs Innigste verbunden, mit der hinreißenden Schönheit des Landes, seiner Pracht, seiner bewegten Geschichte und den im Land herrschenden rassischen Vorurteilen. Ist es nur ein Zufall, dass alle drei mit dem, was sie predigten – mit atemberaubendem Mut und einer bewunderungswürdigen Missachtung der Konsequenzen für die eigene Person –, Signalfeuer entzündeten, die ihre Verurteilung jeder Form des Rassismus in alle Welt leuchten ließen? Martin Luther Kings jr. berühmte Rede »Ich habe einen Traum« endete mit den Worten: »Endlich frei! Endlich frei! Dank Gott dem Allmächtigen sind wir endlich frei!« War es eine Laune des Schicksals, dass King diese Rede hielt, als Nelson Mandela gerade ein Jahr seiner siebenundzwanzigjährigen Freiheitsstrafe verbüßt hatte, und Mandela 1994 bei der ersten demokratischen Wahl in Südafrika die gleichen Worte wählte?

Der von seinen Landsleuten Madiba genannte Nelson Mandela ist zu einem Leitbild für die ganze Welt geworden. Er ist eine durch Stärke und Vergebung herausragende Persönlichkeit, der das beinahe Unmögliche gelungen ist: die durch bitteren Zwist entzweiten Völker seines Landes zu einen. Dafür haben ihn sowohl die Beherrschten als auch die Herrschenden dieser Welt in ihr Herz geschlossen.

Nelson Mandela bleibt zwar mit jeder Faser seines

Herzens Südafrikaner, aber dennoch gehört er jedem auf dieser Erde, ganz gleich, in welchem Land und wie er lebt. In den wenigen Jahren seit seiner Haftentlassung ist er in einer von sektiererischem Hass zerrissenen Welt zu einem Symbol der Versöhnung und der Liebe geworden.

Er beteuert immer wieder, kein Heiliger zu sein – aber für Nelson Mandelas Regenbogenvolk, die Südafrikaner, gibt es keinen bedeutenderen Menschen.

Vielleicht vermögen seine während vieler von Kummer und Qualen erfüllten Jahre entstandenen Gedanken, die in diesem Büchlein versammelt sind, alte und junge Menschen, Reiche und Arme auf der ganzen Welt zu inspirieren. Ich hoffe, dass sich insbesondere diejenigen von Mandelas Worten anregen lassen, die in ihrem Leben bisher kein Leitbild besaßen, die in ihrem eigenen Land und an ihrer eigenen Form der Apartheid gelitten haben: Mögen Mandelas Gedanken ihnen als Zeichen der Hoffnung dafür dienen, dass Versöhnung möglich ist.

Jennifer Crwys-Williams

Abtreibung

Frauen haben das Recht zu entscheiden, was sie mit ihrem Körper tun.

Afrika

Jahrhundertelang hat dieser alte Kontinent aus vielen klaffenden Schwertwunden geblutet. Zweifellos steht Afrikas Renaissance unmittelbar bevor – und unsere Aufgabe ist es, den Kontinent durch die Gezeiten der Geschichte zu steuern.

Die Menschen dieses Kontinents sind bemüht und willens, auf allen Gebieten unseres Strebens zu den Besten zu gehören.

Die Völker des wieder erwachenden Afrikas sind sehr wohl in der Lage, über ihre zukünftigen Regierungsformen selbst zu entscheiden und alle Gefahren, die sich ergeben könnten, zu meistern.

Wir müssen uns noch viel mehr anstrengen und den Teufelskreis der Abhängigkeit durchbrechen, der uns von den Wirtschaftsnationen auferlegt worden ist: von denjenigen, die über eine gewaltige Marktposition verfügen, und denjenigen, die sich erdreisten, die Welt nach ihren eigenen Vorstellungen zu gestalten.

Es wäre eine grausame Ironie der Geschichte, wenn Afrikas Anstrengungen, den Kontinent wiederzubeleben, ein neues Gerangel entfesselten, das genau wie das des 19. Jahrhunderts den Reichtum des Kontinents plünderte und ihn noch ärmer als je zuvor zurückließe.

Streitigkeiten bedrohen nicht nur das, was wir erreicht haben, sondern auch unsere gemeinsame Zukunft.

Afrika verdient es und sehnt sich danach, seinen Ruhm zu erneuern, seinen jahrhundertealten Beitrag zur Wirtschaft, Politik, Kultur und den Künsten zu bekräftigen und einmal mehr zum Pionier auf den vielen Gebieten menschlichen Strebens zu werden.

Die Wiedergeburt Afrikas ist inzwischen viel mehr als eine Idee – ihre Saat wird gleichermaßen in den regionalen Gemeinschaften, die wir eifrig errichten, wie auch auf dem Kontinent als Ganzem gelegt.

Der Kontinent, der ehemals die Wiege des menschlichen Lebens war und an der Spitze von Wissen, Technologie und Künsten stand, hat verschiedene traumatische Epochen erlebt, von denen jede einzelne seine Völker in tieferer Armut und Rückständigkeit zurückgelassen hat.

Ein destabilisierender Konflikt irgendwo auf dem Kontinent ist einer zu viel.

Dürfen wir weiterhin zulassen, dass unsere Vorfahren als Menschen dargestellt werden, die Gefangene ihrer Zeit waren?

Afrikaner sein

Bringt euren Kindern bei, dass die Afrikaner den Europäern in nichts unterlegen sind.

Aus seiner Rede »Kein einfacher Weg zur Freiheit« vom 21. August 1953

Der Mangel an menschlicher Würde, den die Afrikaner tagtäglich erleben, ist das unmittelbare Resultat der Politik weißer Vorherrschaft.

Als Angeklagter im Rivonia-Prozess, dem eine siebenundzwanzig Jahre lange Haftstrafe folgte, am 20. April 1964

Wir Kinder Afrikas wissen nur zu gut, dass der Rassismus seine Opfer erniedrigt und die Täter entmenschlicht.

Der Afrikanische Nationalkongress (ANC)

Wir müssen eine Position des Aufbaus statt eine Position des Widerstands einnehmen.

Der Kampf gegen den Rassismus hat für uns die Ausmaße eines Kreuzzuges angenommen.

Der afrikanische Nationalismus, für den der ANC steht, strebt nach Freiheit und Erfüllung für das afrikanische Volk in seinem eigenen Land.

Die Menschenrechte und die Durchsetzung der Gerechtigkeit haben ausdrücklich im Mittelpunkt unserer Sache gestanden.

Ich war immer Mitglied des ANC und werde bis zu dem Tag, an dem ich sterbe, Mitglied des ANC bleiben.

Die Afrikaander (Buren)

Da sie selbst von dem ehemaligen System der Privilegierung profitiert haben, sollten sie besser als irgendjemand sonst begreifen, wie ein solches System dazu beitragen kann, die Gemeinschaft produktiver zu machen.

Ich habe von Afrikaandern oft gehört, dass sie dem neuen Südafrika ein Gefühl der Freiheit verdanken, jetzt, wo sie eine Welt engerer Beziehungen mit anderen Südafrikanern kennen lernen.

Die Herausforderung des neuen Patriotismus ist nicht die einer Wahl zwischen Afrikaander- und Südafrikanertum. Sie liegt gerade in der befreienden Akzeptanz der Afrikaander, voll und ganz Südafrikaner zu sein.

Viele Afrikaander, die früher die Mehrheit der Bevölkerung mit einer Grausamkeit und Gefühllosigkeit behandelten, deren Ausmaß einem erst gänzlich vor Augen geführt wird, wenn man im Gefängnis sitzt, haben sich völlig verändert und sind zu loyalen Südafrikanern geworden, denen man vertrauen kann.

Wenn ein Afrikaander sich ändert, dann ändert er sich vollständig.

Alter

Was die Natur verfügt, sollte nicht zu übermäßiger Beunruhigung führen.

Mein Leben geht allmählich seinem Ende entgegen. Ich möchte in der Lage sein, mit einem strahlenden Lächeln im Gesicht meinen ewigen Schlaf anzutreten, erfüllt von dem Wissen, dass die Jugend, die Regierenden und jeder Einzelne die bestehenden Gegensätze überbrückt und versucht, die Nation zu vereinen.

Aus einer Rede vor Studenten der Universität Potchefstroom im Februar 1996

Mit einundachtzig Jahren werde ich mich endgültig zurückziehen, und ich bin davon überzeugt, dass kein Mann über siebzig eine Organisation wie den ANC leiten sollte.

Amtsantritt als Präsident am 10. Mai 1994

Die Zeit ist gekommen, die Wunden zu heilen. Der Augenblick ist da, die uns trennenden Abgründe zu überbrücken. Die Zeit zu bauen ist angebrochen.

Aus seiner Antrittsrede

Apartheid

Apartheid ist die Herrschaft des Gewehrs und des Henkers.

Die Apartheid war ein Krieg gegen das Volk.

Der weltweite Kampf gegen die Apartheid war kein wohltätiger Akt aus Mitleid mit unserem Volk, sondern die Bekräftigung von Humanität und Gleichheit.

Eingedenk dieser außerordentlichen menschlichen Katastrophe, die viel zu lange andauerte, sollte eine Gesellschaft geboren werden, auf die die gesamte Menschheit stolz sein wird.

Bei seiner Amtseinführung als Präsident Südafrikas am 10. Mai 1994

Es wäre unmoralisch gewesen, stillzuhalten, während ein rassistisches System versuchte, den Wert eines ganzen Volkes auf etwas Geringeres als den Status wilder Tiere zu reduzieren.

Die Millionen von Gräbern überall in Europa, die das Resultat der Herrschaft des Nationalsozialismus sind, die Liquidierung der Ureinwohner Amerikas und Australiens und der destruktive Angriff des Apartheidregimes auf die Menschlichkeit – sie alle stellen uns die gleiche quälende Frage: Warum ließen wir all das geschehen?

Die Apartheid lebt weiter in den undichten Dächern und Wellblechwänden der Hütten, in den aufgewölbten Bäuchen hungriger Kinder, in der Dunkelheit von Häusern ohne Elektrizität und in den schweren Eimern mit schmutzigem Wasser, die die Frauen auf dem Land über lange Strecken tragen, um kochen zu können und ihren Durst zu stillen.

Eine Äußerung im November 1997, einen Monat bevor Mandela als Präsident des ANC zurücktrat

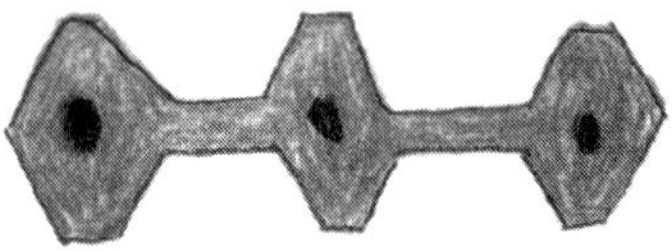

Jede Wendung der Geschichte musste neuen Widerstand gegen die Apartheid hervorbringen; es war ihr Schicksal, die Kräfte zum Leben zu erwecken, die ihren Tod garantierten.

Arbeit

Den Menschen, die arbeiten, stehen die Früchte ihrer Tätigkeit zu.

Jobs sind in vielen Familien die Trennlinie zwischen einem anständigen Leben und einer erbärmlichen Existenz.

Arbeiter brauchen einen Lohn, der zum Leben ausreicht – und das Recht, Gewerkschaften ihrer Wahl beizutreten und an den Entscheidungsprozessen teilzuhaben, die ihr Leben betreffen.

Armut

Der Zorn der Armen darf niemals zum anklagenden Finger werden, der auf uns zeigt, weil wir nicht reagiert haben auf die Schreie der Menschen nach Nahrung, nach einem Dach über dem Kopf, nach der Würde des Einzelnen.

Niemand kann Frieden haben, solange andere im Sumpf von Armut und Unsicherheit leben.

Ausbildung

Eltern haben das Recht, zu bestimmen, welche Art von Ausbildung ihre Kinder erhalten sollen.

Macht jedes Haus, jeden Schuppen und jede baufällige Hütte zu einem Zentrum des Lernens.

Beschneidung

Der Schmerz ging mir durch Mark und Bein.

Ich war nicht so unbeugsam und stark wie die anderen Jungen, die vor mir an der Reihe waren.

Die Tatsache, dass Tapferkeit angesichts des Unerträglichen gefordert wird, gibt einem Stärke für den Rest des Lebens.

Beschwichtigung

Keine Organisation, deren Interessen sich mit denen der arbeitenden Massen decken, wird versuchen, ihre Forderungen mit Beschwichtigung durchzusetzen.

Bestechlichkeit

Bestechlichkeit im Amt ist eine Seuche, die in jeder Regierung der Welt ausgemerzt werden muss.

Boxen

Ich bewunderte früher jeden fähigen Boxer.

Mir gefiel weniger die Gewalttätigkeit als die wissenschaftliche Seite des Boxens.

Die Briten

Ich halte das britische Parlament für die demokratischste Institution der Welt. Die Unabhängigkeit und Unparteilichkeit seiner Rechtsprechung haben stets meine Bewunderung erregt.

Bündnisse

Auf dem brüchigen Fundament von Ausflüchten, Illusionen und Opportunismus lassen sich keine echten Bündnisse schließen.

Demokratie

Wichtig ist, nicht nur einen Sieg für die Demokratie zu erringen, sondern die Demokratie auch zu erhalten.

Eine demokratische politische Ordnung muss auf dem Mehrheitsprinzip fußen, insbesondere in einem Land, in dem man der überwältigenden Mehrheit ihre Rechte systematisch verweigert hat.

Die Herrschaft der Mehrheit ist nicht dazu da, die Ansichten, die Hoffnungen und die Sehnsüchte der Minderheit zu unterdrücken.

Demokratie und Menschenrechte sind untrennbar.

Demonstrationen

Massenaktionen sind eine friedliche Art, die Wut des Volkes zu kanalisieren.

Disziplin

Disziplin ist die mächtigste Waffe im Kampf um die Freiheit.

Eine Organisation kann ihren Auftrag nur dann ausführen, wenn Diszplin herrscht, und wo es keine Disziplin gibt, kann es auch keinen wirklichen Fortschritt geben.

Ehe

Der ganze Sinn und Zweck einer Verbindung von Mann und Frau ist der, dass man in schweren Zeiten in der Lage sein sollte, einander zu umarmen.

Gemäß unserer Sitte heiratet man das Dorf und nicht den Menschen.

Ein Ehepaar erörtert seine intimsten Probleme für gewöhnlich im Schlafzimmer.

März 1996, anlässlich seiner öffentlichen Anhörung zur Scheidung von Winnie, seiner zweiten Frau

Entschlossenheit

Solange man nur einen eisernen Willen hat, kann man auch ein Unglück in einen Vorteil verkehren.

Aus einem Brief an seine Tochter Zindzi, September 1990

Erfolge

Verleitet mich nicht dazu, mir selbst auf die Schulter zu klopfen und zu sagen: Seht her, das habe ich erreicht!

Man darf mich nicht isoliert von der Gemeinschaft betrachten, die für meine Erfolge verantwortlich ist.

Meine Familie

Ich musste mich von meiner lieben Frau und meinen Kindern trennen, von meiner Mutter und meinen Schwestern, um in meinem eigenen Land als Gesetzloser zu leben.

Wenn ein Leben Kampf ist, wie es das meine war, dann bleibt für Familie wenig Raum.

Ich bedaure den Schmerz, den ich meiner Familie so oft durch meine Abwesenheit bereitet habe.

Zu Anfang war es nicht mein Wille, mein Volk über meine Familie zu stellen, aber bei dem Versuch, meinem Volk zu dienen, war es mir oft unmöglich, meine Verpflichtungen als Sohn, Bruder, Vater und Ehemann zu erfüllen.

Zu meinen größten Freuden gehört es, mit meinen Kindern zusammenzusitzen und ihnen zuzuhören, ihren Hoffnungen und Sehnsüchten zu lauschen und ihnen wachsen zu helfen.

Zusehen zu müssen, wie die eigene Familie, die eigenen Kinder verfolgt werden, während man selbst vollkommen hilflos im Gefängnis sitzt, das ist eine der bittersten Erfahrungen, der schmerzlichsten Erfahrungen, die ich je gemacht habe.

Feinde

Wenn ein Mann sich zur Wehr setzt, wird ihm dafür wahrscheinlich mehr Respekt gezollt als für eine Kapitulation.

Süfafrika sollte wissen, dass ich selbst meine Feinde liebte – während ich das System hasste, das uns gegeneinander hetzte.

Sich hinzusetzen und dem Feind die Möglichkeit zur Gewaltanwendung zu verweigern ist die beste Strategie.

Fotografie

Eine gute Fotografie kann sogar der Armut mit all ihren Lumpen, ihrem Schmutz und ihrem Ungeziefer ein gewisses Maß an Göttlichkeit verleihen, wie es im wahren Leben nicht zu erkennen ist.

Aus einem Brief an Zindzi vom 6. August 1978

Frauen

Die Schönheit einer Frau liegt ebenso sehr
in ihrem Gesicht wie in ihrem Körper.

Aus einem Brief an seine Tochter Zindzi, am 5. März 1978

Freiheit ist erst dann erreicht, wenn die
Frauen keine Form von Unterdrückung mehr
spüren.

Freiheit

Es gibt keinen bequemen Weg zur Freiheit.

Zu viele Menschen haben um ihrer Liebe zur
Freiheit willen gelitten.

Keine Macht auf Erden kann ein unterdrücktes Volk aufhalten, das entschlossen ist, sich seine Freiheit zu erkämpfen.

Aus der Presseerklärung »Der Kampf ist mein Leben« vom 26. Juni 1961

Der Begriff »partielle Freiheit« ist ein Widerspruch in sich.

Nur durch Entbehrungen, Opfer und militante Aktionen lässt sich Freiheit erstreiten.

Für den Menschen ist Freiheit im eigenen Land der Gipfel allen Strebens. Von diesem Wunsch kann einen Menschen mit fester Überzeugung nichts abbringen.

Wir wollen keine Freiheit ohne Brot, ebenso wenig wie wir Brot ohne Freiheit wollen.

Freiheit ist nicht nur die Möglichkeit zu wählen, sondern das Tor zum Bewusstsein vieler Probleme: Hunger, Armut, Krankheit und Stillstand.

Ein Mensch, der einem anderen die Freiheit nimmt, ist ein Gefangener seines Hasses.

Frei zu sein heißt nicht nur, seine Ketten abzustreifen, sondern auf eine Art und Weise zu leben, die das Leben anderer respektiert und bereichert.

Die Freiheitscharta (1955)

Die Freiheitscharta ist als politisches Programm geboren, und sie ist tief verwurzelt in der Wirklichkeit Südafrikas.

Sie hat als ein herausragendes Dokument der Menschenrechte internationale Anerkennung gefunden.

Die Charta ist mehr als eine Liste mit Forderungen nach demokratischen Reformen.

Frieden

Frieden und Demokratie gehen Hand in Hand.

Es ist nicht leicht, mit Menschen, die jeden Tag trauern, über Frieden zu reden.

Ich werde auf den Knien betteln und die Menschen, die unser Land in ein neues Blutvergießen hineinziehen wollen, anflehen, davon abzulassen.

Friede und Wohlstand, Gelassenheit und Sicherheit sind nur möglich, wenn alle Menschen sie genießen können – ohne Diskriminierung.

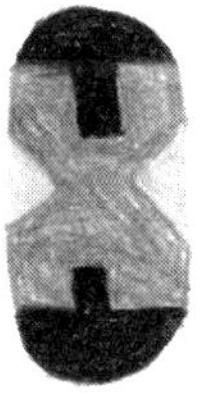

Der Friedensnobelpreis

Künftige Generationen sollen niemals sagen können, dass wir den Idealen des Humanismus, die der Friedensnobelpreis verkörpert, aus

Gleichgültigkeit, Zynismus oder Selbstsucht
nicht gerecht geworden sind.

Anlässlich der Verleihung des Friedensnobelpreises am 10. Dezember 1993 in Oslo

Der Friedensprozess im Mittleren Osten

Die verächtliche Zurückweisung von in gutem Glauben erzielter Vereinbarungen und die gewaltsame Besetzung des Landes können die Flammen des Konflikts nur weiterschüren.

Genährt von der Blutgier vergangener Jahrhunderte, gedeihen die Extremisten auf allen Seiten bestens.

Am Ende eines Jahrhunderts, das eine solche Wüste der Verheerungen durch grauenvolle Kriege gesehen hat, eines Jahrhunderts, das zu guter Letzt viel Erfahrung in der friedlichen Lösung von Konflikten gewonnen hat, müssen wir fragen: Ist dies eine Zeit für Krieg? Ist dies eine Zeit, um junge Männer in den Tod zu schicken?

19. September 1997, Verleihung der Ehrendoktorwürde an der Ben-Gurion-Universität

Freundschaft

Freundschaft und Unterstützung von Freunden sind jederzeit und für jeden Menschen eine Quelle ungeheurer Inspiration.

Wer bereit ist, anderen die Hand zu reichen, kann die größten Herausforderungen bestehen.

Führerschaft

Es ist ein Irrtum, zu glauben, eine einzige Person könne ein Land einen.

In einem schwedischen Radiointerview vom 18. März 1990

Wenn Herrscher die Fähigkeit besitzen, ihre eigenen Fehler und ihre eigenen Organisationen zu kritisieren, dann dürfen sie andere kritisieren.

Viele Menschen mit Macht und Privilegien verfolgen kaltherzige Philosophien, die erschreckenderweise das Motto vor sich hertragen: Ich bin nicht deines Bruders Hüter!

Im Oktober 1995 vor den Vereinten Nationen

Ein Führer, der sich auf Autorität stützt, um Probleme zu lösen, ist zum Scheitern verurteilt.

Wir beziehen hohe Gehälter und leben im Luxus: Das zerstört unsere Fähigkeit, offen und ehrlich zu sprechen und den Menschen zu sagen, dass sie ihren Gürtel enger schnallen müssen.

Interview vom 12. September 1994

Es ist wichtig, dass ihr euch mit starken und unabhängigen Persönlichkeiten umgebt, die es euch sagen, wenn ihr alt werdet.

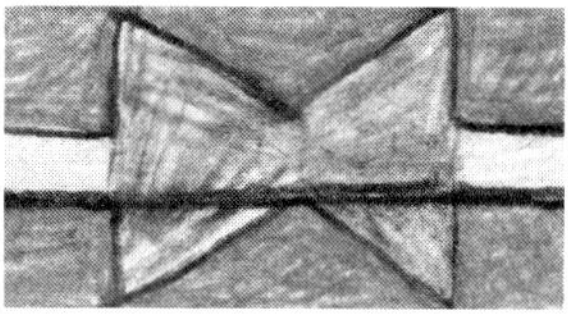

Fußball

Fußball ist eine der sportlichen Disziplinen, in denen Afrika allmählich wieder seine vortrefflichen Qualitäten unter Beweis stellt, Qualitäten, die zu lange im Schoß dieses Kontinents geschlummert haben.

Gewalt

Menschen, die Kinder töten, sind nicht besser als Tiere.

Am Ende werden die Schreie des Säuglings, der verhungert oder dem eine Machete den Bauch aufschlitzt, den Lärm der Städte und ihrer hermetisch verschlossenen Fenster durchdringen.

Aus der Rede vor den beiden Häusern des Parlaments in London am 11. Juli 1996

Benutzt Gewalt nur zur Selbstverteidigung.

Gewissen

Die Menschen müssen dem Diktat ihres Gewissens folgen – ungeachtet der Konsequenzen, die sich daraus für sie ergeben mögen.

Wenn ich meine Strafe abgebüßt habe, wird mein Gewissen immer noch meine Antriebsfeder sein, so wie es stets die Antriebsfeder der Menschen ist. Meine Antriebsfeder wird auch, wenn ich aus dem Gefängnis komme, meine Abneigung gegen die rassische Diskriminierung meines Volkes sein, um nach bestem Vermögen den Kampf wieder aufzunehmen, bis diese Ungerechtigkeiten ein für alle Mal ausgemerzt sind.

Am 7. November 1962 vor Gericht

Geschichte

Die Geschichte zeigt, dass man die Menschen nicht mit Strafen abschrecken kann, wenn ihr Gewissen erwacht ist.

Die Dinge werden nicht dadurch besser, dass man sie der Vergangenheit anlastet.

Die Vergangenheit ist eine reiche Quelle, aus der wir schöpfen können, um Entscheidungen für die Zukunft zu treffen.

Das Studium der Geschichte bezweckt nicht, menschliches Handeln zu verspotten, darüber zu weinen oder es zu verabscheuen, sondern es zu verstehen und daraus zu lernen, wenn wir über unsere Zukunft nachdenken.

Die Gesellschaft

Die große Lektion unserer Zeit hat uns gelehrt, dass kein Regime überleben kann, wenn es sich über die gewöhnlichen Bürger des Landes hinwegsetzt.

Mit Überzeugungskraft und in Übereinstimmung mit der Verfassung sollten wir gemeinsam eine demokratische und wohlhabende Gesellschaft aufbauen, die im Einklang mit sich selbst steht.

Großbritannien

Ihr Recht, Ihr eigenes Schicksal zu bestimmen, wurde dazu benutzt, uns ebendieses Recht zu verweigern.

Rede vor dem Unterhaus am 5. Mai 1993

Großbritannien hat als eine der Bastionen der Demokratie die Verpflichtung, dafür zu sorgen, dass wir die materiellen Voraussetzungen erhalten, um die Demokratie in unserem Land zu verankern.

Harlem, New York City

Harlem symbolisiert die Stärke und Schönheit des Widerstands, und dieser Stadtteil hat uns gelehrt, dass aus dem Widerstand gegen Ungerechtigkeit Erneuerung und Wiedergeburt erwachsen können.

Häuslichkeit

Ich mache mein Bett jeden Tag selbst. Das lasse ich mir nicht von den Frauen abnehmen, die sich um mich kümmern. Ich kann ein ordentliches Essen kochen ... ich kann einen Fußboden schrubben.

Heimat

Wie gern würde ich die kleinen Steine noch einmal sehen, auf denen ich als Kind gespielt habe, oder die kleinen Flüsse, in denen ich geschwommen bin.

Jeder kommt dorthin zurück, wo er geboren wurde.

Helden

Keine Einzelperson kann die Rolle eines Helden oder Messias übernehmen.

Es gibt Männer und Frauen, die dazu auserkoren sind, Glück in den Herzen der Menschen zu entfachen – das sind die wahren Helden.

Meine Helden

Muhammad Ali war selbst im Gefängnis eine Inspiration für mich, weil ich oft an seinen Mut und seine Hingabe dachte. Er benutzte Geist und Körper im Einklang miteinander.

Kobie Coetsee – ich habe immensen Respekt vor diesem Mann, denn als noch kein Mitglied der Nationalpartei etwas vom ANC wissen wollte, hat er systematisch mit mir gearbeitet. Er ist einer meiner persönlichen Helden.

Homosexualität

Es gab eine Zeit, in der ich mit Abscheu auf Homosexualität reagiert habe.

Ich schäme mich meiner ursprünglichen Ansichten, die einer Gesellschaft entsprangen, die von solcherlei Dingen nichts wusste.

Ich verstehe die Lage der Homosexuellen, und ich denke, sie haben das Recht, weiterhin zu tun, was ihnen gefällt.

Immigration

Bis auf den heutigen Tag verlieren wir einige unserer besten Männer und Frauen, weil die Lichter in der entwickelten Welt heller leuchten.

Imperialismus

Imperialismus bedeutet die Verweigerung politischer und ökonomischer Rechte und die fortwährende Unterjochung des Volkes durch eine fremde Macht.

Der Imperialismus ist gewogen und für zu leicht befunden worden.

Indien

Indiens Unabhängigkeit war ein Sieg für alle Menschen unter kolonialer Herrschaft.

Ein Teil der indischen Seele lebt in Süfafrika als ein hoch geschätzter Teil unserer nationalen Existenz.

Islam

Der Islam hat Afrika bereichert und ist ein Teil dieses Kontinents geworden; dafür wurde der Islam seinerseits verwandelt, und Afrika ist ein Teil von ihm geworden.

Jugend

Junge, aufgerüttelte Menschen sind imstande, die Mauern der Unterdrückung niederzureißen und die Banner der Freiheit zu hissen. Ich appelliere an die Jugend: Fangt an, miteinander zu reden, auch über die Grenzen von Rasse und politischen Organisationen hinweg.

Wann immer ich mit dynamischen jungen Menschen zusammen bin, fühle ich mich wie eine wieder aufgeladene Batterie.

Der Kampf

Der Kampf ist mein Leben.

Aus seiner berühmten Presseerklärung vom 26. Juni 1961

Es ist immer der Unterdrücker, nicht der Unterdrückte, der die Form des Kampfes vorgibt.

Das ungeschriebene Gesetz des Kampfes war die Bereitschaft, Opfer für ein höheres Ziel zu bringen.

Die Südafrikaner haben Heldenhaftigkeit gezeigt, eine unglaubliche Disziplin, eine große Fähigkeit zu Selbstlosigkeit und die stille Entschlossenheit, nicht vor dem Diktat der Unterdrückung in die Knie zu gehen.

Kampf ohne Disziplin kann zu Anarchie führen.

Kapstadt

Hier haben vor drei Jahrhunderten Seeleute aus Europa die Kette der Enteignungen ausgelöst, mit deren Folgen wir uns heute noch herumschlagen.

In Kapstadt ist ein Teil der Seele vieler Völker und Kulturen zu Hause – kostbare Fäden der reichen Mannigfaltigkeit unserer afrikanischen Nation.

Kinder

Kinder sind die verwundbarsten Mitglieder jeder Gesellschaft und unser kostbarster Schatz.

Rede zur Verleihung des Nobelpreises, Oslo 1993

Man darf nicht länger von den Kindern verlangen, Taten auf sich zu nehmen, deren Ernst die Fähigkeit ihrer zarten Jahre übersteigt.

Der Lohn für die Beendigung der Apartheid muss und wird gemessen werden an dem Glück und dem Wohlergehen der Kinder.

Kinder, die auf der Straße schlafen und denen nichts anderes übrig bleibt, als für ihren Lebensunterhalt zu betteln, sind ein Beweis dafür, dass unsere Arbeit noch nicht beendet ist. Es gibt keine klarere Offenbarung der Seele einer Gesellschaft als die Art und Weise, in der sie ihre Kinder behandelt.

Aus dem Bericht des ersten Jahres der Kinderstiftung Nelson Mandelas 1996

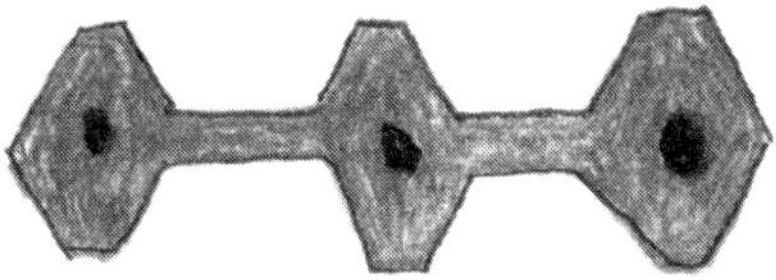

Meine Kindheit

Als Junge hörte ich in meinem Dorf in der Transkei die Geschichten der Stammesältesten über die guten alten Zeiten vor der Ankunft der Weißen.

Damals hoffte und gelobte ich, dass unter den Schätzen, die das Leben mir noch bieten würde, auch die Gelegenheit wäre, meinem Volk zu dienen und meinen eigenen bescheidenen Beitrag zum Freiheitskampf beizusteuern.

Die Ältesten erzählten uns von der Befreiung und den Kämpfen unserer Vorfahren zur Verteidigung unseres Landes und von den Heldentaten der Generäle und Soldaten während jener Tage.

Kleider

Mein Vater gab mir seine Reithosen und schnitt ein Stück von ihnen ab. Mit einer Schnur als Gürtel hielt ich sie zusammen. So ging ich zum ersten Mal zur Schule.

Ich hatte ein Paar kurze Hosen, Sandalen, aber keine Socken, und ein ärmelloses Hemd, aber keine Unterwäsche, was sehr demütigend ist.

Zu den ersten Tagen seiner Haft

Ich trage kein einziges gekauftes Kleidungsstück – die Leute schenken mir einfach großzügig etwas zum Anziehen.

Nach sieben Monaten als Präsident 1994

Jedes Mal, wenn ich eine Fliege trage, fühle ich mich so unbehaglich, dass ich kaum ein Wort hervorbringen kann.

Man sieht mir nur ins Gesicht – und nicht auf meine Kleider.

Kolonialismus

Durch die Demonstration von Macht, durch Täuschung und Gewalt sind die Völker Nord-, Ost-, West-, Zentral- und Südafrikas ihrer politischen und ökonomischen Macht beraubt und gezwungen worden, fremden Monarchen die Treue zu schwören.

Kommunikation

Eine unserer stärksten Waffen ist das Gespräch.

Kommunismus

Viele Jahrzehnte lang waren die Kommunisten die einzige politische Gruppe in Südafrika, die bereit war, die Afrikaner wie menschliche Wesen und wie ihresgleichen zu behandeln, die mit uns aß, sprach, lebte und arbeitete.

Im Rivonia-Prozess am 20. April 1964

Es steckt so viel Heuchelei hinter dieser Jagd, dass mir übel wird, und am liebsten würde ich den Übeltätern sagen: »Ihr wagt es, einem Mann von fünfundsiebzig Jahren zu sagen, dass er seine Freunde denunzieren muss? Und für wen bitte?«

Kompromisse

Wenn man nicht zu Kompromissen bereit ist, darf man sich erst gar nicht auf Verhandlungen einlassen oder daran denken.

Kompromisse dürfen nicht die eigene Position untergraben.

Unwesentliche Dinge, periphere Punkte bedürfen keiner Kompromisse.

Kritik

Wenn eine Kritik begründet ist, muss sie ausgesprochen werden.

Kultur

Ebenso wie die Wahrheit sind auch Kultur und Kreativität von Dauer.

In meiner Kultur erörtern wir persönliche Fragen nicht mit jungen Menschen.

Unsere Familien sind weitaus größer als die der Weißen, und es ist immer eine Freude, wenn man in einem ganzen Dorf, einem Distrikt oder sogar in mehreren Distrikten restlos akzeptiert wird und unter den Seinen ist. Überall ist man als Mitglied der Sippe willkommen, man kann jederzeit und vollkommen zwanglos zu Besuch kommen, ohne Sorgen schlafen und an Gesprächen über alle Probleme teilnehmen. Man bekommt sogar, ohne dafür zahlen zu müssen, Vieh und Land.

Aus einem undatierten Brief, geschrieben auf Robben Island, an seinen Vetter Sisi

Literatur

Es ist unmöglich, durch die Literatur menschliche Größen wie George Washington, Abraham Lincoln und Thomas Jefferson kennen zu lernen, ohne sich zum Handeln aufgerufen zu fühlen.

Menschlichkeit

Wir unterscheiden uns nicht durch unsere Anlagen, sondern dadurch, was wir daraus machen.

Wer irgendjemandem die Menschenrechte verweigert, stellt dessen Existenz an sich in Frage.

Tief in jedem menschlichen Herzen existieren Güte und Großzügigkeit.

Jeder Mensch hat eine Vielzahl von Leben und Identitäten innerhalb und außerhalb seiner rassischen und ethnischen Grenzen.

Keiner von uns kann für sich in Anspruch nehmen, Tugenden oder Eigenschaften zu besitzen, die ihn oder sie über andere erheben.

Möge all unser Streben zeigen, dass Martin Luther King jr. Recht hatte, als er sagte, Menschlichkeit dürfe nicht länger auf tragische Weise an die sternenlose Nacht von Rassismus und Krieg gebunden sein.

Wir Menschen mögen untereinander unsere Kämpfe austragen, aber wir sollten nie vergessen, dass wir alle die Schöpfung eines einzigen Gottes sind.

Die Welt ist eine Bühne, und die Taten all ihrer Bewohner sind Teil desselben Dramas.

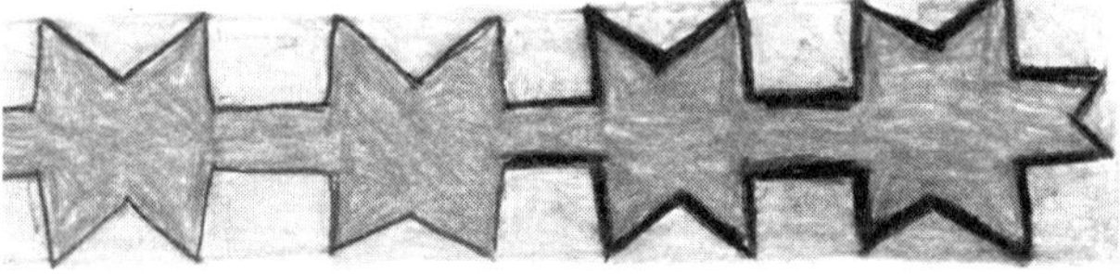

Moral

Ein Schritt ohne eine Vision ist ein Schritt ohne moralisches Fundament.

Die Nationalpartei

Wo war sie, als unsere Leute unter den Händen der Polizei starben?

Wir hoffen, dass sie dem Gebäude unserer jungen Demokratie einen weiteren Ziegelstein hinzufügen wird.

Selbst mit all ihren Bombern und Panzern müssen ihre Mitglieder gespürt haben, dass sie auf der falschen Seite der Geschichte standen.

Einzelne Persönlichkeiten

STEVE BIKO,

ermordeter Vorkämpfer des schwarzen Bewusstseins

Es kann keinen Zweifel geben, dass er einer der größten Freiheitskämpfer war, die Südafrika hervorgebracht hat.

Einer der größten Söhne unserer Nation. Ein stolzer Repräsentant des Wiedererwachens eines Volkes.

F. W. DE KLERK,

ehemaliger Staatspräsident

Er hatte den Mut, zuzugeben, dass unserem Land und unserem Volk durch das Apartheidsystem großes Unrecht angetan wurde.

Trotz seiner scheinbar progressiven Taten war Mr. de Klerk keineswegs der Emanzipator.

Wenn irgendetwas die Beziehungen zwischen mir und Mr. de Klerk abgekühlt hat, dann ist es seine Untätigkeit der Gewalt gegenüber.

MARTIN LUTHER KING JR.

Er tat sein Bestes, um einen Beitrag zur gerechten Lösung der gleichen großen, aktuellen Probleme zu leisten, mit denen auch wir als Südafrikaner fertig werden mussten – er kämpfte für dieses Ziel, und er starb dafür.

THABO MBEKI,

Vizepräsident

Er ist höflich, aber kein Ja-Sager. Er wird immer seinen Standpunkt behaupten.

Während ich im Gefängnis gegen die Wärter kämpfte, traf er sich mit Staatsoberhäuptern und lernte so die Kunst der Diplomatie.

Er ist ein herausragender Mensch, sehr respektvoll, sehr warmherzig.

OLIVER TAMBO,
ehemaliger Präsident des ANC

Als ich ihn in seinem Sarg liegen sah, war es, als wäre ein Teil von mir selbst gestorben.

Er ist seit fünfzig Jahren mein bester Freund und Kamerad.

Er hat mein eigenes Leben und meinen Intellekt bereichert, und weder ich noch dieses Land werden diesen Koloss unserer Geschichte vergessen.

ERZBISCHOF DESMOND TUTU,
Nobelpreisträger

Er ist ein toller Kerl.

Seine Amtsführung, seine barmherzigen Taten, sein prophetisches Zeugnis und sein politisches Engagement haben ihn für zahllose Menschen zu einem Segen und einer Quelle der Inspiration gemacht.

Politik

Wir sollten nicht zulassen, dass südafrikanische Politiker sich in ihrer Arbeit auf Nichtigkeiten beschränken müssen, die einzig zu dem Zweck ausgewählt wurden, das Gewissen der Reichen und Mächtigen zu beschwichtigen und die Not der Armen und der Machtlosen zu verschleiern.

Wenn man Politiker ist, muss man bereit sein, für seine Prinzipien zu leiden.

Eine politische Bewegung muss den Kontakt zur Realität wahren.

Die Presse

Eine kritische, unabhängige und von Wissensdrang getriebene Presse ist das Lebensblut jeder Demokratie.

Es war die Presse, die uns nie vergessen hat.

Nur eine freie Presse kann das Verlangen einer Regierung dämpfen, auf Kosten der Bürger Macht anzuhäufen.

Rache

Man kann auf Rache keine Nation aufbauen.

Aus einem Interview mit der New York Times im März 1997

Rassismus

Ich verabscheue den Rassismus, weil ich ihn für etwas Barbarisches halte, und zwar ungeachtet der Frage, ob er von einem Schwarzen oder einem Weißen ausgeht.

Rassismus verschmutzt die Atmosphäre menschlicher Beziehungen und vergiftet den Geist der Rückständigen, der Bigotten und der Voreingenommenen.

Wir kämpfen dafür, die Linie auszulöschen, die allzu oft darüber entscheidet, wer reich ist und wer arm.

Wenn wir nun in das letzte Jahrzehnt des 20. Jahrhunderts eintreten, ist es unerträglich und inakzeptabel, dass das Krebsgeschwür des Rassismus in verschiedenen Teilen unseres Planeten noch immer am Gewebe der Gesellschaften nagt.

Wir müssen dafür sorgen, dass Farbe, Rasse und Geschlecht für einen jeden von uns eines Tages nur noch ein gottgegebenes Geschenk sind und kein unauslöschliches Kennzeichen oder Merkmal, das Menschen einen bestimmten Status zuweist.

Der Rassismus muss bewusst bekämpft und nicht diskret toleriert werden.

Wir alle wissen, wie hartnäckig sich der Rassismus dem Geist anhaften kann und wie tief er die menschliche Seele zu verseuchen vermag.

Die Südafrikanische Rechte

Es gibt noch immer mächtige Kräfte unter den Weißen, die sich nicht mit der gegenwärtigen Umgestaltung abfinden und jeden Vorwand nutzen werden, um das Land in neues Blutvergießen zu stürzen.

Reden

Rethorik ist nicht wichtig. Wichtig sind Taten.

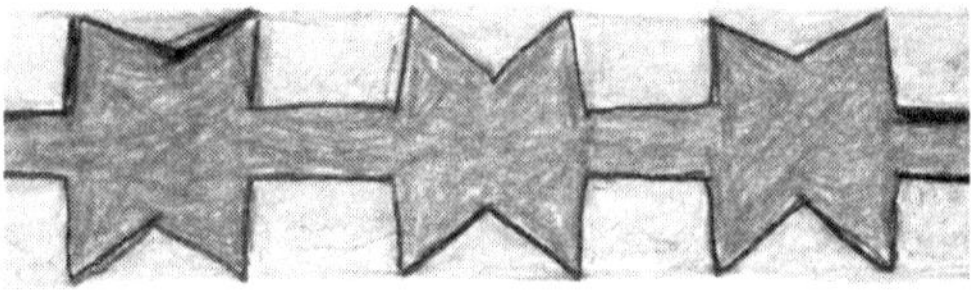

Regierung

Der Wille des Volkes ist die Grundlage der Autorität einer Regierung; dieses Prinzip wird in der ganzen zivilisierten Welt als heilig anerkannt und bildet die Grundfeste von Freiheit und Gerechtigkeit.

Selbst wenn eine demokratische Regierung eingesetzt wird, sollte keine Minderheit benachteiligt werden.

Wenn es keine Opposition gibt, besteht immer die Gefahr, dass die regierende Partei zu arrogant wird, zu selbstsicher.

Gewalt von Seiten der Regierung kann nur eines bewirken, nämlich Gegengewalt.

Regina Mundi

Sie ist im wahrsten Sinne des Wortes ein Schlachtfeld zwischen den Kräften der Demokratie und jenen, die sich nicht scheuten, einen geweihten Ort mit Tränengas, Hunden und Gewehren zu schänden.

Die Kathedrale des Volkes.

Regina Mundi wurde zu einem weltweiten Symbol für die Entschlossenheit unseres Volkes, sich zu befreien.

Religion

Die schlichte Lektion der Religionen, aller Philosophien und des Lebens selbst ist die Erkenntnis, dass das Böse zwar vorübergehend wüten mag, am Ende aber das Gute den Lorbeer ernten wird.

Die Religion liegt uns Südafrikanern im Blut.

Die traditionelle afrikanische Religion wird nicht länger als Aberglaube verachtet, der durch überlegene Formen des Glaubens ersetzt werden muss; stattdessen wird heute anerkannt, dass sie das spirituelle Erbe der Menschheit bereichert hat.

Wir brauchen religiöse Institutionen auch weiterhin als Gewissen der Gesellschaft, als Hüter der Moral und als furchtlose Fürsprecher der Schwachen und Unterdrückten.

Robben Island

Sie ist ein Symbol für den Sieg des menschlichen Geistes über die politische Unterdrückung, für den Sieg der Versöhnung über aufgezwungene Spaltung.

Die Insel ist zu einem Denkmal für den Kampf um die Demokratie geworden, ein Teil des Erbes, das für alle Zeit unsere Kinder und unsere Freunde aus anderen Ländern inspirieren wird.

Ruanda

Keiner von uns kann sich angesichts menschlichen Leidens von so katastrophalem Ausmaß abwenden.

Je lauter und durchdringender die Verzweiflungsschreie gellen, umso mehr scheinen sie eine instinktive Reaktion bei uns hervorzurufen: nämlich die Hände zu heben, um Augen und Ohren zu verschließen – selbst wenn diese Verzweiflung in Ruanda zu einer halben Million Toten führt.

Rücktritt als Präsident des ANC

Die Zeit ist gekommen, um die Staffel in einem Wettkampf weiterzugeben, der vor mehr als fünfundachtzig Jahren in Mangaung begonnen hat – nein, noch viel früher, vor Jahrhunderten, als die Krieger der Autshumanyo, Makhanda, Mzilikazi,

Khama, Sekhukhune, Lobatsibeni, Cetshwayo, Nghunghunyane, Uithalder und Ramabulana ihr Leben opferten, um ihre Würde und Einheit als Volk zu verteidigen.

Ich weiß, dass die Liebe und der Respekt, die mir zuteil wurden, in Wahrheit die Liebe und der Respekt für den ANC und seine Ideale sind.

Rückzug aus der Politik

Ich werde in meinen letzten Lebensjahren die Möglichkeit nutzen, meine Enkelkinder zu verwöhnen und auf verschiedene Art und Weise allen südafrikanischen Kindern beizustehen, vor allem denen, die die unglücklichen Opfer eines gleichgültigen Systems waren.

Es gibt für niemanden auch nur den geringsten Grund anzunehmen, dass es in Südafrika zu irgendwelchen Erschütterungen kommen wird, weil eine einzelne Person sich aus dem Amt zurückzieht.

Ich freue mich auf die Zeit, da ich in der Lage sein werde, mit der Sonne zu erwachen und in Ruhe und Frieden über die Hügel und durch die Täler Qunus zu spazieren.

Sabotage

Meine Sabotagepläne waren das Ergebnis einer ruhigen und nüchternen Einschätzung der Situation nach vielen Jahren der Unterdrückung meines Volkes durch die Tyrannei der Weißen.

Rivonia-Prozess, 20. April 1964

Schwarzes Selbstbewusstsein

Das schwarze Selbstbewusstsein hat gleichermaßen die Entschlossenheit der Führer und der Massen beflügelt.

Die Stoßrichtung des schwarzen Selbstbewusstseins ist es, alle Unterdrückten in Stolz und Einheit zusammenzuschmieden, die Strategie des Teilens und Herrschens zu vereiteln und in der Masse unseres Volkes den Stolz und das Vertrauen in die eigene Fähigkeit, sich der Unterdrückung zu widersetzen, zu wecken.

Die Befreiungsbewegung führte dazu, dass die Menschen sich ihrer Gleichwertigkeit mit jedem anderen und ihrer Fähigkeit, aktiv die Geschichte zu beeinflussen, bewusst wurden.

Der Wert, den das schwarze Selbstbewusstsein der Kultur beimaß, machte sich in unserem Land bemerkbar, in unseren Gefängnissen und in den Gemeinden im Exil – und unser Volk, das einst seinen Blick nach Europa und Amerika richten musste, um seinen kreativen Hunger zu stillen, wandte die Augen nun Afrika zu.

Die südafrikanischen Schwarzen

Die Schwarzen glauben, dass die Veränderungen in Südafrika dem militärischen Sieg zu verdanken sind und sie die Weißen geschlagen haben. Sie glauben, dass die Weißen am Boden liegen und um Gnade betteln.

Bei einem Staatsbesuch in Großbritannien im Juli 1996

Selbstachtung

Wenn man in Einklang mit sich selbst lebt, kann man einem Löwen ohne Furcht entgegentreten, weil er jedes Wesen respektiert, das Selbstbewusstsein besitzt.

Sport

Der Sport kann Menschen auf eine Art und Weise erreichen, wie es der Politik nicht möglich ist.

Südafrika

Wir gehen einer neuen Zukunft entgegen, die auf der stabilen Grundlage des Respekts fußt.

Wir leben mit der Hoffnung, dass Südafrika im Kampf um seine eigene Neuerschaffung zum Mikrokosmos einer neuen Welt wird, die sich danach sehnt, geboren zu werden.

Verleihung des Friedensnobelpreises am 10. Dezember 1993

Niemals wieder soll dieses wunderschöne Land die Unterdrückung eines Menschen durch einen anderen erleben und die Würdelosigkeit erleiden, der Abschaum der Welt zu sein.

Rede zum Amtsantritt, 10. Mai 1994

Jede Gesellschaft, die aus der großen Katastrophe des Apartheidsystems hervorgeht, ist unvermeidlich vom Makel ihrer Vergangenheit gezeichnet.

Sollten wir nicht anfangen, das Glück anderer Menschen, ganz gleich, wie fern sie uns in Raum und Zeit sein mögen, zu einem Teil des nationalen Interesses zu erklären?

Wäre das neue Südafrika aus dem Nichts hervorgegangen, würde es nicht existieren.

Wir stehen in der Tat vor großen Herausforderungen, aber keine dieser Herausforderungen ist so beängstigend wie die, die wir bereits gemeistert haben.

Bei der Verleihung der Ehrenbürgerrechte der Stadt London im Juli 1996

Da wir erst spät zu Freiheit und Demokratie gelangt sind, haben wir den Vorteil, dass wir von der Erfahrung anderer profitieren können.

Mit der Zeit müssen wir Südafrika das größte aller Geschenke machen – eine menschlichere Gesellschaft.

Was wir erreicht haben, wird als ein Symbol für Frieden, Versöhnung und Hoffnung dienen, wo immer Gemeinschaften und Gesellschaften Konflikte austragen.

Südafrikaner

Wir sind alle *ein* Volk in *einem* Land.

Wir treten in ein Bündnis ein, in dem alle Südafrikaner, die schwarzen wie die weißen, erhobenen Hauptes leben können, ohne Furcht im Herzen, gestärkt von der Gewissheit ihres unveräußerlichen Rechts auf menschliche Würde – eine Regenbogennation, die mit sich selbst und der Welt in Frieden ist.

Rede zum Amtsantritt, 10. Mai 1994

Mein Land ist reich an Mineralien und Edelsteinen, aber ich habe immer gewusst, dass sein größter Wohlstand sein Volk ist – Menschen, die prächtiger und wahrer sind als die reinsten Diamanten.

Der Stolz ist in unserem Land ein gemeinsames Band zwischen uns allen. Er ist der Kern unseres neuen Patriotismus.

Auf uns lastet die Bürde, mit harter Arbeit, Aufrichtigkeit und Integrität nach den Sternen zu greifen.

Auch nachdem wir unsere eigene Freiheit errungen haben, dürfen wir nicht angesichts der Schwierigkeiten anderer Menschen unsere Hände in den Schoß legen.

Mein Tod

Es wäre sehr egoistisch von mir, offen zu legen, auf welche Weise ich gern den Menschen im Gedächtnis bleiben würde. Das überlasse ich ganz den Südafrikanern.

Es wird auch ein Leben nach Mandela geben.

Die Toten

Nur wenige Menschen bleiben der Welt über ihr eigenes Leben hinaus im Gedächtnis.

Überleben

Für mich ist Überleben die Fähigkeit, mit Krisen und Konflikten fertig zu werden und sie zu überwinden.

Über mich selbst

Ich habe mich an erster Stelle immer als afrikanischen Patrioten gesehen.

Beim Rivonia-Prozess am 20. April 1964

Ich bin ein Produkt des Morasts, aus dem unsere Gesellschaft bestand.

Ich glaube nicht, dass es viel gibt, was die Geschichte über mich wird sagen können.

Ich möchte Seite an Seite mit meinem Volk kämpfen und die Gefahren des Krieges mit ihm teilen können.

Rivonia-Prozess, 20. April 1964

Ich sah meine Mission darin, Versöhnung zu predigen, die Wunden des Landes zu verbinden und Vertrauen und Zuversicht zu schaffen.

Ich hatte oft Angst – häufiger, als ich zu sagen vermag –, aber ich versteckte sie hinter einer Maske der Kühnheit.

Ich bin ein ganz gewöhnlicher Mensch, ich habe schwer wiegende Fehler gemacht, und ich habe ernst zu nehmende Schwächen.

Manchmal fühle ich mich wie ein Mensch, der am Rand steht und das eigentliche Leben versäumt hat.

Ich bin eher ein Dekorationsstück als eine wirkliche Stütze.

Die Menschen erwarten von mir, dass ich mehr leiste, als einem Menschen möglich ist.

Ich komme mehr und mehr zu dem Schluss, dass mein eigener Lebenskampf nur aus einem einzigen Grund Bedeutung hatte: weil es, wie vage und inkonsequent auch immer, mein wichtigstes Ziel war, dafür zu sorgen, dass jeder Mensch, ungeachtet seiner Rasse, seiner Hautfarbe, seines Geschlechts oder seines sozialen Status, die Möglichkeit hatte, nach den Sternen zu greifen.

Ubuntu

Der Geist des *Ubuntu* – dieses tiefe afrikanische Gefühl, dass wir nur durch die Menschlichkeit anderer Menschen menschlich sind – ist kein auf unser Gemeinwesen beschränktes Phänomen, sondern hat global zu unserer gemeinsamen Suche nach einer besseren Welt beigetragen.

Unterdrückung

Die Überwindung der Unterdrückung ist der Menschheit heilig und das höchste Ziel eines jeden freien Menschen.

Aus der Rede »Kein leichter Weg in die Freiheit« von 1953

Ich habe nicht im selben Maße gelitten wie andere, während ich mich im Gefängnis ausruhte.

Solange sich die Mehrheit der Menschen irgendwo auf dem Kontinent unterdrückt fühlt, solange ihr keine demokratische Teilnahme an Entscheidungsprozessen zugebilligt wird, solange sie nicht in freien und fairen Wahlen ihre eigenen Führer wählen darf, so lange wird es Spannungen und Konflikte geben.

Niemals wieder – und ich wiederhole: niemals wieder – sollen die Gesetze unseres Landes unser Volk auseinander reißen oder seine Unterwerfung und Unterdrückung legalisieren.

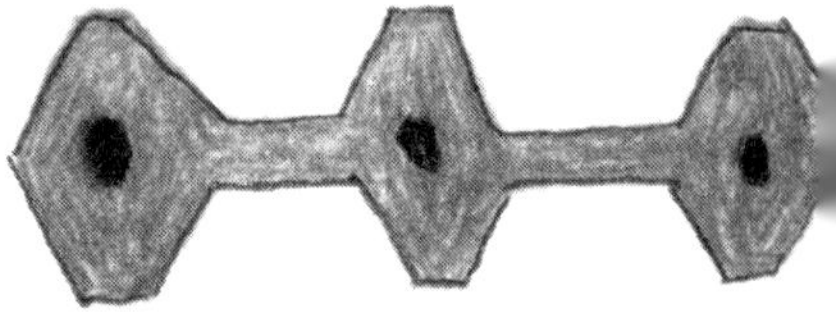

Die USA

Ihr Standpunkt hat Millionen Menschen unseres Volkes verdeutlicht, dass wir hier Freunde haben, dass es hier Kämpfer gegen den Rassismus gibt, die sich verletzt fühlen, weil wir verletzt werden, die unseren Erfolg wollen, weil auch sie den Sieg der Demokratie über die Tyrannei wollen.

Ansprache vor den beiden Houses of Congress der USA in Washington, D.C., im September 1994

Veränderung

Der Glaube an die Möglichkeit von Veränderung und Erneuerung ist vielleicht eine der grundlegenden Eigenschaften von Politik und Religion.

Verfassungen

Eine Verfassung bedeutet eine wichtige Aussage über die Natur der Machtbeziehungen in einer Gesellschaft.

Der ANC hatte seit 1923 eine Verfassung

Eine Verfassung kann nicht mit der politischen oder wirtschaftlichen Unterordnung der Majorität oder der Minorität verknüpft werden.

Eine Verfassung ist ein lebendiges Geschöpf.

Die südafrikanische Verfassung

Wir füllen die Gebete unserer Nation um die Zurückgewinnung der Freiheit und die Wiedergeburt des Kontinents mit Leben.

Bei der Unterzeichnung der neuen südafrikanischen Verfassung in Sharpeville am 10. Dezember 1996

Lasst uns jetzt Kraft schöpfen aus der Einheit, die wir geschmiedet haben, und gemeinsam die Chancen ergreifen und die Vision Wirklichkeit werden lassen, die dieser Verfassung innewohnt.

Unsere große Herausforderung besteht darin, sicherzustellen, dass niemandem geringere Rechte zuteil werden und dass niemand gequält wird, weil er sich durch seine Geburt von anderen unterscheidet, weil er andere politische Ansichten vertritt oder auf eine andere Art und Weise zu Gott betet.

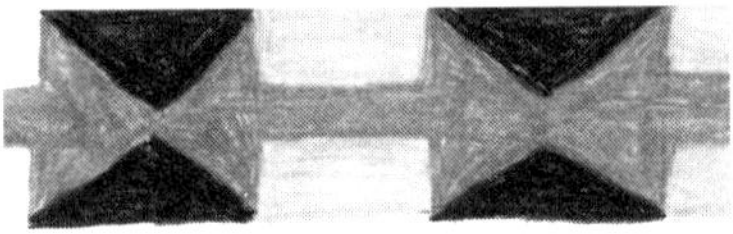

Dies ist der Schlüssel zum Schutz jedweder Minderheit: Die zentralen bürgerlichen und politischen Rechte müssen dem Zugriff von Mehrheiten entzogen werden, indem man sie als fundamentale Menschenrechte garantiert und in einer demokratischen Verfassung verankert.

Der Respekt vor menschlichem Leben, Freiheit und Wohlergehen muss in eine Rechtsform gegossen werden, die von keiner Macht untergraben werden kann.

Verhandlungen

Konzessionen sind ein integraler Bestandteil von Verhandlungen.

Wenn man verhandelt, muss man die Integrität eines anderen Menschen annehmen.

Es lassen sich Lösungen selbst für diejenigen Konflikte finden, die zunächst einmal unlösbar erscheinen. Lösungen ergeben sich, wenn die streitenden Parteien nach Gemeinsamkeiten Ausschau halten.

Nur freie Menschen können verhandeln.

Versöhnung

Der Versöhnung habe ich mein Leben gewidmet: dem Wunsch, die Teile unserer Bevölkerung, die am schlimmsten mit Füßen getreten wurden, wieder aufzurichten und die Gesellschaft von Grund auf umzugestalten.

Zu einer Versöhnung der Gegensätze braucht es Vernunft, Gespräche und Kompromisse.

Ohne Versöhnung werden wir unserem Volk kein besseres Leben verschaffen können.

Wiederaufbau geht Hand in Hand mit Versöhnung.

Der erste Grundstein unseres neuen Landes ist die nationale Versöhnung und die nationale Einheit. Die Tatsache, dass dieser Grundstein fest in seinem Fundament ruht, muss nicht an die große Glocke gehängt werden.

Das Volk

Ich liebe euch. Ihr seid mein eigen Fleisch und Blut. Ihr seid meine Brüder, Schwestern, Kinder und Enkelkinder.

Aus einer Rede an das Volk von Südafrika

Jeder Mensch hat im Leben zweifache Verpflichtungen – zum einen Verpflichtungen gegenüber seiner Familie, gegenüber seinen Eltern, seiner Frau und seinen Kindern, und zum anderen eine Verpflichtung gegenüber seinem Volk, seiner Gemeinschaft und seinem Land.

Sprache, Kultur und Religion sind wichtige Indikatoren der Identität.

Das Leiden jedes Volkes eines jeden Landes betrifft uns alle, ganz gleich, wo wir uns befinden.

Die Wahl

Bei zahlreichen Gelegenheiten in der Geschichte hat sich gezeigt, dass Menschen ihr Wahlrecht wahrnehmen können, auch wenn sie keine Schulbildung haben.

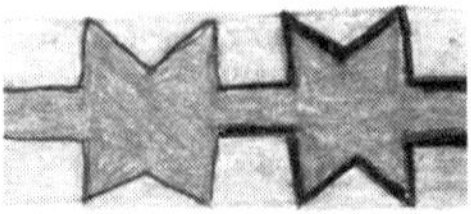

Wahlen ohne Nahrung, ohne ein Dach über dem Kopf und ohne Gesundheitsfürsorge bedeuten, den Anschein von Gleichheit zu erwecken, während tatsächlich Ungleichheit herrscht.

Wahltag
(27. und 28. *April* 1994)

Es war wie die Wiedergeburt als Nation.

Ich stehe hier vor euch, voller Demut im Angesicht eurer Kühnheit, mit einem Herzen voller Liebe für euch alle.

Die Wahrheits- und Versöhnungskommission

Die Wahrheits- und Versöhnungskommission nahm ihre Arbeit im Februar 1996 auf. Sie dokumentiert die Gräueltaten der Rechten und der Linken, Aussagen von Mördern und Folterern und die Stimmen von Opfern und den Familien toter Opfer. Sie soll ein Werkzeug der Versöhnung sein, nicht der Rache.

Der Heilungsprozess betraf die ganze Nation. Sie muss sich selbst erlösen und wiederherstellen.

Manche Menschen kritisieren uns, wenn wir erklären, dass wir zwar vergeben, aber niemals vergessen können.

Die Südafrikaner wollen, dass die Vergangenheit bekannt wird, damit sie sich nicht wiederholt.

Die Halbwahrheiten niederer Vernehmungsbeamte dürfen auf keinen Fall die Verantwortung der Kommandeure und der politischen Führer verschleiern, deren Befehle sie ausgeführt haben.

Weihnachten

Weihnachten war das einzige Fest im Jahr, an dem wir Kinder Zucker und Tee bekamen und Sirup und Brot. Außerdem wurde ein Schaf geschlachtet. Im Gefängnis durften wir Weihnachten ein Päckchen Süßigkeiten oder Früchte kaufen.

Weiße Südafrikaner

Die Mehrheit der Weißen betrachtet es als Bestimmung der weißen Rasse, die Farbigen zu beherrschen.

Weiße Überlegenheit impliziert schwarze Unterlegenheit.

Im Rivonia-Prozess, 20. April 1964

Die Weißen fürchten die Realität der Demokratie.

Solange Weiße in Kategorien von Gruppenrechten denken, sprechen sie die Sprache der Apartheid.

Vor den Wahlen im April 1994

Die Weißen in diesem Land sind genauso Südafrikaner wie wir. Wir wollen, dass sie sich hier sicher fühlen, und wissen den Beitrag zu schätzen, den sie zur Entwicklung dieses Landes geleistet haben.

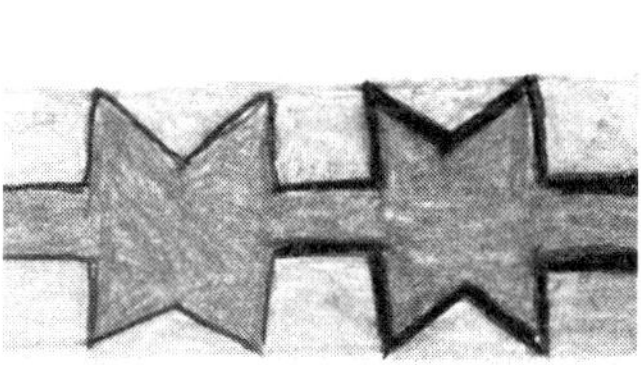

Sie sind ausgebildet, sie haben das Wissen, die Fähigkeiten und die Sachkenntnisse. Dieses Wissen und diese Sachkenntnisse brauchen wir jetzt zum Aufbau unseres Landes.

Die neue Weltordnung

Ist nicht die Zeit gekommen, da wir aufhören sollten, Diktatur, Instabilität und Armut auf unserem Globus als etwas anzusehen, das unsere Interessen und unsere Zukunft nur am Rande berührt?

Während die Welt sich von der Vorherrschaft der beiden Supermächte befreit, wird die krasse Trennung der Völker dieser Welt in Reiche und Arme umso deutlicher sichtbar.

Falls ich irgendwelche moralische Autorität besitze – und ich sage, falls –, so lassen sich mit moralischer Autorität die Probleme der Welt nicht lösen.

Winnie

Ich hatte gehofft, eine Zuflucht für dich schaffen zu können, wie klein sie auch gewesen wäre, damit wir vor dem Anbruch der traurigen, trockenen Tage einen Ort gehabt hätten, um auszuruhen und Kraft zu schöpfen.

Aus einem Brief an Winnie vom 26. Juni 1977

Ohne deine Besuche, deine wundervollen Briefe und deine Liebe wäre ich schon vor vielen Jahren zerbrochen.

Aus einem Brief an Winnie vom 6. Mai 1979

Ich habe mich oft gefragt, ob die Hingabe an eine Sache jemals ein ausreichender Grund sein kann, eine junge und unerfahrene Frau in einer erbarmungslosen Wüste allein zu lassen.

Brief an Winnie aus dem Jahr 1985

Ich bin davon überzeugt, dass dein Schmerz und dein Leiden weitaus größer waren als mein Schmerz und mein Leiden.

Aus der ersten Rede als freier Mann in Kapstadt am 11. Februar 1990

Ich umarme sie mit all der Liebe und Zuneigung, die ich vom Augenblick unserer ersten Begegnung an für sie empfunden habe.

Als er seine Trennung von Winnie bekannt gab, am 13. April 1992

Wohltätigkeit

Spenden mögen einen für einige Monate über Wasser halten, an ihrem Ende steht man jedoch vor den gleichen Problemen.

Wohnen

Ein Mann ist kein Mann, bevor er nicht sein eigenes Haus hat.

Die Familien, die in Hütten ohne fließendes Wasser, sanitäre Anlagen und Elektrizität leben, sind ein Mahnmal dafür, dass die Vergangenheit immer noch in die Gegenwart hineinragt.

Wut

Wut ist ein flüchtiges Gefühl – man vergisst sie schnell, vor allem, wenn man sich um eine positive Haltung bemüht. Denn es ist nicht leicht, bitter zu bleiben, wenn man sich mit konstruktiven Dingen beschäftigt.

Zeit

Unpünktlichkeit zeigt einen Mangel an Respekt vor der Organisation und einen Mangel an Selbstachtung.

Quellen

Benson, Mary: *Nelson Mandela – die Hoffnung Südafrikas.* Reinbek 1986.

de Villiers, H. H. W.: *Rivonia – Operation Maybuye: A Review of the Rivonia Trial.* Johannesburg 1964.

The Historic Speech of Nelson Rolihlahla Mandela at the Rivonia Trial. Johannesburg 1964.

Mandela, Nelson: *Der Kampf ist mein Leben. Gesammelte Reden und Schriften.* Dortmund 1986.

Meer, Fatima: *Stimme der Hoffnung: Nelson Mandela.* Bonn 1989.

Waldmeyer, Patti: *Anatomy of a Miracle: The End of Apartheid and the Birth of the New South Africa.* London 1997.

Kindermund im Europa Verlag

Ich werd Rentner wie mein Opa
Kindermund
ISBN 3-203-85075-3

Papa ist kein Vaterunser
Kindermund
ISBN 3-203-85077-X

Oma war beim Optimisten
Kindermund
ISBN 3-203-85076-1

Mama hat sich renoviert
Kindermund
ISBN 3-203-85078-8